日本一短い手紙

「時」

令和五年度の第三十一回 一筆啓上賞「日本一短い手紙『時』」（福井県坂井市・公益財団法人丸岡文化財団主催、株式会社中央経済社ホールディングス・一般社団法人坂井青年会議所共催、日本郵便株式会社協賛、福井県・福井県教育委員会・愛媛県西予市後援、住友グループ広報委員会特別後援）の入賞作品を中心にまとめたものである。

同賞には、令和五年四月五日〜十月二十日の期間内に三万四〇六七通の応募があった。令和六年一月二十四日に最終選考が行われ、大賞五篇、秀作一〇篇、住友賞二〇篇、坂井青年会議所賞五篇、佳作一二二篇が選ばれた。同賞の選考委員は、小室等、佐々木幹郎、宮下奈都、夏井いつき、長澤修一、ゲスト選考委員パトリック・ハーランの諸氏である。

本書に掲載した年齢・職業・都道府県名は応募時のものである。

目次

入賞作品

大賞

［日本郵便株式会社　社長賞］

ママへ

ママがぼくを産《う》んだしゅんかんに、
ぼくの時《とき》がはじまった。

山田 小太郎
埼玉県 10歳 小学校4年

一筆啓上「ママへ」へ

ママがぼくを産《う》ん
だしゅんかんに、
ぼくの時《とき》がはじま
った。

今年亡くなった祖父へ

火葬場《かそうば》から帰《かえ》る車《くるま》の中《なか》、
膝《ひざ》の上《うえ》に小《ちい》さい爺《じっ》ちゃんが居《い》て、
あぁ昔《むかし》と逆《ぎゃく》だなって思《おも》ったよ。

西野　日菜
福井県　25歳　会社員

一筆啓上「今年亡くなった祖父」へ

火葬場から帰る車の中、膝の上に小さい爺《じっ》ちゃんが居て、ああ昔と逆だなって思ったよ。

なおちゃんへ

今日《きょう》、一歩《いっぽ》あるいたこと　ひみつね。
だって、その瞬間《とき》だけは、
ママにあげたいもの。

正村　まち子
岐阜県　75歳　保育士

一筆啓上

「なおちゃん」へ

今日、一歩あるいたこと　ひみつね。だって、その瞬間だけは、ママにあげたいもの。

旅で出逢った日の妻へ

最終《さいしゅう》バスに乗《の》り遅《おく》れたあのとき、
わざとゆっくり歩《ある》いていたんだ。
たぶん、君《きみ》もね。

森山 高史
沖縄県 74歳 自営業

一筆啓上「旅で出逢った日の妻」へ

最終バスに乗り遅れたあのとき、わざとゆっくり歩いていたんだ。たぶん、君もね。

ばあちゃんへ

ケーキ残《のこ》すの３年連続《ねんれんぞく》！
大好《だいす》きって言《い》ってたじゃんか。
花《はな》の水《みず》換《か》えて線香《せんこう》立《た》てていくね。

神喰 雄太
新潟県 29歳 自営業

一筆啓上「ばあちゃん」へ

ケーキ残すの3年連続！大好きって言ってたじゅんか。花の水換えて線香立てていくね。

大賞選評

選考委員　佐々木　幹郎

「時」というテーマを与えられて書くというのは、ものすごく書きやすいようで、実は書きにくい。今回の応募作を読んでいて本当にそう思いました。ですから、よく似たパターンの作品が非常に多かった。

でも、大賞に選ばれた作品を見てください。すべて違う、他に類例がないという作品ばかり5作品が選ばれています。そして、これは毎回言っていますが、手紙ですので重要なのは宛先です。宛先のはっきりしない手紙は、できるだけ除外したいというのが私たちの願いでした。

「ママへ」山田小太郎さんの作品。これは選考委員のほとんど全員が選んだのですが、時間というものは一体何なのかっていうことを、まず真正面から疑問に思って、ママが僕を産んだ瞬間に僕の時が始まったんだということの発見ですね。10歳が「あ、そういえばそうなんだ」と。時間というものを我々は非常に観念的に考えているけれども、自分にとって時間、時が始まったのはいつなんだろうと考えたら、確かに生まれた時からなんだと。その生まれたということからしか、自分にとっての時間が動いていかないんだっていうその発見がとても新鮮だと思いました。

次に西野日菜さんの「今年亡くなった祖父へ」ですが、小さい時におじいちゃんの膝の上に乗って甘えていた、そのおじいちゃんが亡くなって今は骨壺を自分の膝の上に置いて火葬場から帰る。私にも最近経験があるのですが、骨壺というのは、実はものすごく重いんです。火葬場で骨壺へお骨を入れる時に、関西の場合は小さな骨壺にお骨を全部入れないで、残りの部分は共同埋葬されます。ところが関東の場合はもう粉の一つも全て骨壺の中に入れるんですね。ですから一人で持てないぐらいに重たいんです。私はそれを持って自宅まで帰る時に、何と重いんだろうと思って。今も自宅に骨壺は置いたままなんですけれども、それがありありと見えてきて、昔と逆だなと思ったよというのが切ないほどよく分かりました。亡くなったおじいちゃんにどうしてもそのことを伝えたかった、小さい時に膝の上に乗せてくれたおじいちゃんにありがとうと言いたかった、これは手紙でしか言えないですよね。

　次に正村まち子さんの「なおちゃんへ」。これは美しい言葉だと思いました。小さいなおちゃんが初めて一歩歩いた、しかし保育士である自分がそれをお母さんに伝えるよりも、あるいはなおちゃんがそのことをお母さんに伝えるよりも、家に帰ってお母さんの目の前で一歩歩いて見せる。その瞬間の喜びをどうしてもお母さんに味わってほしい。とっても良い言葉、良い手紙だと思いました。

　次の作品は宛先がかなり凝っているんです。森山高史さんの「旅で出逢った日の妻へ」。妻へ出した手紙だけど、結婚する前、旅で出逢った日の妻なんですね。これは過去の話です。74歳になるまで、たぶん奥さんには確かめてなかったんじゃないか。奥さんもバス停までゆっくり歩いていたことをもう忘れてしまっている。ですからその奥さんに向けて、過去の君へ、あのとき僕は君といたいからゆっくり歩いていたんだよ、君もそうだったよねと確かめようとした手紙です。非常に操作が複雑ですけれども、むちゃくちゃロマンが込められていると思いませんか。時間というものはそういう風にして振り返ることができるんですね。私も70歳を超えていますが、50年の時間ってあっという間に過ぎますから。いつか確かめようと思っていても、気がついたらもう半世紀以上経っている。その時間を遡ると、お互いにわざとゆっくり歩いていた時間に出会う。これが時間の面白さなんだということを、微笑ましく感じさせられました。

最後も面白いんです。「ばあちゃんへ」神喰雄太さん、これはおばあちゃんが亡くなって三周忌かもしれません。ケーキをおばあちゃんの仏壇に供える、だって大好きって言ってたんだからって。それで花の水を換えて、線香を立て、おばあちゃんに呼びかけている。大賞の五篇の中で死を扱ったものが2篇ありますが、全く取り扱い方が違います。「ばあちゃんへ」はとっても明るい。そして西野日菜さんの「今年亡くなった祖父へ」はおじいちゃんに対する切ない懐かしさ。これもやっぱり手紙で書き、言葉で伝えたい思いです。

五篇全体の中で、今年の「時」、時間というテーマが、こんな風に広がって私たちは生きている間に一つの宇宙を作っているんだっていうことを、つくづく教えていただきました。

（入賞者発表会講評より要約）

秀作

［日本郵便株式会社　北陸支社長賞］

お父さんへ

三年前《さんねんまえ》、
お父《とう》さんが海外《かいがい》に行《い》く時《とき》の
「泣《な》かない」約束《やくそく》。
今破《いまやぶ》っちゃった。
お帰《かえ》りなさい！

中村 大地
千葉県 11歳 小学校6年

「お父さん」へ

三年前、お父さん
が海外に行く時の
「泣かない」約束
。今破っちゃった
。お帰りなさい！

おこられてる時へ

お母《かあ》さんにおこられている時《とき》、
ぼくは頭《あたま》の中《なか》で歌《うた》を歌《うた》う。
あぁもう五曲目《ごきょくめ》だ。

田中　翔太
東京都　11歳　小学校6年

一筆啓上「おこられてる時」へ

お母《かあ》さんにおこられている時《とき》、ぼくは頭《あたま》の中《なか》で歌《うた》を歌《うた》う。あぁもう五《ご》曲《きょく》目《め》だ。

妻へ

よく手《て》を繋《つな》いでくれると思《おも》ったら、
転倒防止《てんとうぼうし》だって？
嬉《うれ》し哀《かな》し、時《とき》の流《なが》れを実感《じっかん》です。

竹下 守雄
大阪府 72歳

一筆啓上「妻」へ

よく手を繋《つな》いでくれると思ったら、転倒防止だって？嬉し哀《かな》し、時の流れを実感です。

天国の父さんへ

20年《ねん》、待《ま》ちくたびれた？
でもね、母《かあ》さん彼氏《かれし》ができたって。
当分《とうぶん》そっち行《い》かないよ～

在原 登喜子
埼玉県 56歳 会社員

一筆啓上
「天国の父さん」へ

20年、待ちくたびれた？
でもね、母さん彼氏ができたって。
当分そっち行かないよ～

ままへ

わたしは、1ねんせいになりました。
むらさきのランドセル
てんごくからみえますか。

山口　結衣
石川県　6歳　小学校1年

ままへ

わたしは、1ねんせいになりました。むらさきのランドセルてんごくからみえますか。

母さんへ

居間《いま》の暦《こよみ》がめくられなかった四ヶ月《よんかげつ》。
それだけ深《ふか》かったんだね、
亡《な》き父《とう》さんへの思《おも》いが。

高坂　素行
東京都　56歳

一筆啓上

「母さん」へ

居間の暦がめくられなかった四ヶ月。それだけ深かったんだね、亡き父さんへの思いが。

日本の義父母へ

初《はじ》めて接《せっ》した外国人《がいこくじん》は
息子《むすこ》嫁《よめ》の私《わたし》ですね。
19年《ねん》経《へ》てみて、どう？
悪《わる》くないでしょ？

尾島 亜文
広島県 54歳

一筆啓上「日本の義父母」へ

初めて接した外国人は息子嫁の私ですね。19年経てみて、どう?。悪くないでしょ?。

神様へ
私《わたし》は平均寿命《へいきんじゅみょう》越《こ》えました
この後《あと》生《い》きていたら
残業手当《ざんぎょうてあ》てがつきますか？
がめつい婆《ばあ》より

山岸　紀久子
福井県　90歳

一筆啓上

「神様」へ

私は平均寿命越えましたこの後《あと》生きていたら残業手当てがつきますか？

がめつい婆より

家族へ

時間《じかん》が欲《ほ》しいと言《い》ったら
母《はは》は砂時計《すなどけい》、妹《いもうと》は日付印《ひづけいん》をくれた。
忙《いそが》しいのに笑《わら》った。

岸野　由夏里
京都府　47歳　会社員

家族へ

時間が欲しいと言ったら母は砂時計、妹は日付印をくれた。忙しいのに笑った。

友達へ

時間《じかん》が解決《かいけつ》するという言葉《ことば》は願《ねが》いに近《ちか》い。
だから僕《ぼく》は謝《あやま》るという魔法《まほう》を使《つか》いたい。

都築 悠雅
高知県 17歳 高校3年

一筆啓上

「友達」へ

時間が解決するという言葉は願いに近い。だから僕は謝るという魔法を使いたい。

秀作選評

選考委員　宮下　奈都

じつは「時」というテーマはむずかしいのではないかと考えていましたが、さまざまな角度から色とりどりの「時」が切り取られていて、予想以上に心を動かされながら選考することになりました。

最初の「お父さんへ」。11歳の男の子の作品ですが、技術的に非常にレベルの高い一作だと思います。3年前と、今現在、二度鮮やかに「時」というものが現れてきて重なる。11歳にしてこんなふうに書けるんだなと感心しました。しかも、ちゃんと11歳の可愛さも生かされています。いい息子さんといいお父さん、家族の良い関係まで浮かび上がってくる作品でした。

「おこられてる時へ」。こちらの作者も11歳の男の子です。こちらは一転して、日常を切り取った、素直で好感度の高い作品だと思います。少し特殊な宛名についいては選考会で議論になりましたが、普通だったら「お母さんへ」と書いてしまいそうなところを、この内容だからお母さん宛てにはしなかったんじゃないかと読みました。そこに作者の誠実さが表れているように思っています。

次に「妻へ」。ユーモアと、少し切なさもある作品です。若い頃には手をつないでいたけれど、しばらく手をつなぐことのない時期も経て、今また手をつなぐというこの2人に流れている「時」、積もっている「時」を感じさせてくれました。72歳という年齢を考えると、転倒防止というのはもしかしたら照れ隠しなのかも、などと感想や意見が出て、選考会が温かい空気に包まれました。

「天国の父さんへ」。今回は「時」というテーマだったせいか、死を扱った作品が多かったように思います。これもその一つですが、見せ方に工夫があったことが高評価につながりました。死を書きながら生をいきいきと感じさせられる作品です。彼氏ができて楽しく暮らしているお母様も、娘である作者も、そして天国のお父様も、きっと幸福だと思いました。

最後に「ままへ」。これは選考委員全員から高い支持を受けた作品です。むらさきのランドセルが天国から見えますかという、本当に一幅の絵が浮かぶような、悲しさと明るさの混じった美しい手紙だと思いました。そして、しっかりと時も感じさせますね。天国にいるままに、もう1年生になったよって報告ができている。このお嬢さんの人生に幸多かれと心から願います。

（入賞者発表会講評より要約）

秀作選評

選考委員　夏井　いつき

手紙の審査をしている時、言葉は正しく伝達をする機能と、自分を表現したいという機能の2通りあるということを毎回思います。良い作品というのは正しく伝達しているだけじゃなく、その向こうに奥行きがあったり、しみじみと読み手の心を打つ表現行為の部分が豊かにあったりすると、それが結局心に残ってくるんだなと思うのですが、そういう意味で「母さんへ」の手紙は言いたいことはきちんと伝達できている上に、家族環境みたいなのも立ち上がってくるんですよね。この56歳の息子さんは一緒に暮らしているわけじゃなくて、お母さんの様子を見に実家に帰ってみるときちんと家事もこなしていたあのお母さんが、暦を4ヶ月めくってないということにハッと気づく。お母さんにとってのその4ヶ月という時間がどういうものであったかということを、息子さんの目を通して私たちはしみじみと感じてしまうんですよね。言葉にされた瞬間に、私たちの心の中に彼の思いが流れ込んでくる。「亡き父さんへの思いが。」の後の余白の部分も味わいとして十分機能する、いい作品だなと思います。

それから今回のテーマが「時」だという理由もあるのですが、数詞というのはとても大きな情報を持っております。次の「日本の義父母へ」の作品ですが、読んだ瞬間に外国人に接したことのないお父さんとお母さんの思いが、最初は決して温かいものではなかったに違いないと、書いてないけれどもちゃんと伝わってきますよね。そしてこの亜文さんがどんな思いで、どんな決意で、どんな愛を持ってこの息子さんと暮らすということを選択したか、それも最初の一文だけでもう伝わってしまう。そしてその後の数詞です。「19年経てみて、どう？悪くないでしょ？」ここに息子嫁としてどれだけ義理のお父さんお母さんを愛して尽くして思いやってきたかという矜持、これは開き直りじゃないと思いますよ。さらに義理のお父さんお母さんにこうやって言えるということ自体が、それまでの亜文さんの思いとか行動とか両親との人間関係とかそういうものもちゃんと語っていますよね。お名前が漢字になっているのもその覚悟ではないかな。ぜひ顕賞式でお会いしたいです。

そして次、「神様へ」、90歳の方です。平均寿命越えましたよって、「この後生きていたら残業手当てがつきますか？がめつい婆より」と、ケラケラ笑いながら言えるおばあちゃんって憧れですね。残業手当という言い方で、ここからの余生というものを送る明るい覚悟と言うんでしょうかね。今回の受賞作品で一番年齢の高い方の作品でしたが、幸せな残業手当がつくことを心から祈りたいなと思いました。

その次の「家族へ」の作品、私こういう家族本当好きだなと思って。時間が欲しい、時間が欲しいと由夏里さんはしょっちゅう言っているわけですよね。家族がもっと手伝ってくれたら、みたいなそんな思いもお持ちなんじゃないでしょうか。ところがお母さんは平然と砂時計、妹さんは日付印をプレゼントして、時間ごまかしたらどうみたいな。ユーモアを持って砂時計と日付印をプレゼントしてくれるこの家族がどういうご家族なのかということが手に取るようにわかります。そして最後の「忙しいのに笑った。」と。少々家事手伝ってほしいとか跳ね付けるんじゃなく、忙しいのに笑う由夏里さん。好きだな、こういう人。この作品は、選考会で皆さん賛同してくれないんじゃないかなと恐る恐る「これどう？」って聞いたら、思いのほかみんなが賛成してくれたのでとても嬉しかったです。

それから最後の「友達へ」、17歳の高校生ですね。時間が解決するという言葉は願いに近いと、もうこれだけで素晴らしい一つの心理というか、真実というかそういう言葉だと思いますね。大人はいずれ時間が解決するって言うけれども、それは本当に叶うかどうかわからない願いのようなものではないかと17歳がはたと思うわけですよ。「だから僕は謝るという魔法を使いたい。」と。手っ取り早く謝りゃいいじゃないかとそういうふうに認識をする、なんて素晴らしいでしょう。この作品に対しては、魔法という言葉がいいのか悪いのか、魔法じゃなくてもうちょっと違った表現をすると、さらに表現行為の部分でこの作品は良くなるんじゃないかな、というご意見もありました。俳人として私も魔法というふわふわした言葉はあまり好きではないので、評価したいけど魔法という言葉が引っかかっていました。でも、詩人である佐々木さんが「この子は本気で謝って、ギスギスしちゃった友達との関係がまるで魔法のように改善された。本当にこれは魔法じゃないかと思ったんだろう」と。佐々木さんのこの発言で大きく空気が変わったと思います。

（入賞者発表会講評より要約）

住友賞

おうちの人へ

ぼくが
「こどものころがなつかしい」というと、
わらうのはどうしてなのですか。

強矢　理玖
埼玉県　6歳　小学校1年

一筆啓上「おうちの人」へ

ぼくが「こどものころがなつかしい」というと、わらうのはどうしてなのですか。

お母さんへ

幼《おさな》い頃《ころ》から何《なに》かおとしたりすると
「やると思《おも》った」って言《い》うけど
する前《まえ》に言《い》ってよ。

夷塚　柚奈
青森県　13歳　中学校2年

一筆啓上「お母さん」へ

幼い頃から何かおとしたりすると「やると思った」って言うけどする前に言ってよ。

ママへ

時間《じかん》を大切《たいせつ》にしなさいって
ママは言《い》うけど、
ママにおこられてる時間《じかん》が
一番《いちばん》むだだと思《おも》う

髙橋　愛唯
福井県　9歳　小学校4年

一筆啓上「ママ」へ

時間を大切にしなさい、ってママは言うけど、ママにおこられてる時間が一番むだだと思う

市長さんへ

僕《ぼく》が大人《おとな》になる頃《ころ》
この地《ち》にどれだけ自然《しぜん》が残《のこ》る？
開発《かいはつ》続《つづ》きの風景《ふうけい》に、
毎日《まいにち》心《こころ》が痛《いた》むねん。

多鹿　琉誠
兵庫県　13歳　中学校1年

一筆啓上

「市長さん」へ

僕が大人になる頃
この地にとれだけ
自然が残る？、開発
続きの風景に、毎
日心が痛むねん。

奈良県の大学に通っていたお姉ちゃんへ

大学《だいがく》に通《かよ》っていた頃《ころ》を
奈良時代《ならじだい》と訳《やく》して話《はな》すの
ややこしいのでやめてほしいです。

杉本　陽代里
島根県　20歳　専門学校3年

一筆啓上

「奈良県の大学に通っていたお姉ちゃん」へ

大学に通っていた頃を奈良時代と訳して話すのややこしいのでやめてほしいです。

お母さんへ

お化粧《けしょう》に、
そんなに時間《じかん》をかけなくても
十分《じゅうぶん》カワイイから、
早《はや》く出《で》かけよう。

森永　夏子
福井県　11歳　小学校5年

一筆啓上

「お母さんへ」へ

お化粧に、そんなに時間をかけなくても十分カワイイから、早く出かけよう。

友達へ

昔《むかし》の友達《ともだち》と遊《あそ》ぶ約束《やくそく》をした。
いつの間《ま》にか集合場所《しゅうごうばしょ》が
公園《こうえん》から居酒屋《いざかや》に変《か》わっていた。

小出 華
東京都 20歳 大学2年

一筆啓上「友達」へ

昔の友達と遊ぶ約束をした。いつの間にか集合場所が公園から居酒屋に変わっていた。

ままへ

おとうと二人《ふたり》のひるねじかん。
やっとわたしだけのママと二人《ふたり》で
女《おんな》の子《こ》じかんだね。

きた川　花な
福井県　8歳　小学校2年

一筆啓上「まま」へ

おとうと二人のひるねじかん。やっとわたしだけのママと二人で女の子じかんだね。

ビール好きのママへ

5才《さい》くらいになったら、
ビールのめるから、
ママ、いっしょにのもうね。

園田　みくり
千葉県　4歳

一筆啓上

「ビール好きのママ」へ

今才くらいになったら、ビールのめるから、ママ、いっしょにのもうね。

恩師の先生方へ

毎日《まいにち》のように職員室《しょくいんしつ》に呼《よ》ばれては
指導《しどう》されていた私《わたし》が
来年同僚《らいねんどうりょう》として職員室《しょくいんしつ》へ行《い》きます。

溝口 大地
福岡県 24歳 大学4年

一筆啓上「恩師の先生方」へ

毎日のように職員室に呼ばれては指導されていた私が来年同僚として職員室へ行きます。

失恋後の私へ

振《ふ》られたアイツは
世界一《せかいいち》じゃないから大丈夫《だいじょうぶ》。
その後出会《あとであ》って
結婚《けっこん》する男《おとこ》が世界一《せかいいち》だから

髙橋　陽子
茨城県　28歳　主婦

一筆啓上「失恋後の私」へ

振られたアイツは
世界一じゃないか
ら大丈夫。その後
出会って結婚する
男が世界一だから

じぶんへ

時《とき》のながれはとってもはやいよ。
ぼーっとしてるとよるになる。

小瀬村　忠
神奈川県　7歳　小学校2年

一筆啓上

「じぶん」へ

時のながれはと
ってもはやいよ。
ぼーっとしてる
とよるになる。

5年前天使になった娘へ

タンスを開《あ》けたら
貴女《あなた》の匂《にお》いが残《のこ》っていた。
顔《かお》をうずめてぎゅっとした。
会《あ》いたいです。

藤田 裕美子
富山県 55歳 公務員

一筆啓上「5年前天使になった娘」へ

タンスを開けたら貴女の匂いが残っていた。顔をうずめてぎゅっとした。会いたいです。

おばあちゃんへ

おばあちゃんが、
昔《むかし》は子《こ》どもだったなんてふしぎ。
ずっとおばあちゃんだと思《おも》ってたよ。

芦野　巧実
福井県　7歳　小学校2年

一筆啓上「おばあちゃん」へ

おばあちゃんが、昔は子どもだったなんてふしぎ。ずっと、おばあちゃんだと思ってたよ。

おばあちゃんへ

「行《い》き過《す》ぎた道《みち》は戻《もど》れるが
言《い》い過《す》ぎた言葉《ことば》は口《くち》に戻《もど》せない」
時《とき》と言葉《ことば》は同《おな》じだね。

東條　和代
大阪府　54歳　会社経営

おばあちゃんへ

「行き過ぎた 道は 戻れるが 言い過ぎた 言葉は

口に 戻せない」 時と 言葉は 同じだね。

二十年前の私へ

息子達《むすこたち》が幼《おさな》い時《とき》、
早《はや》く自分《じぶん》の時間《じかん》が欲《ほ》しかった。
巣立《すだ》った今《いま》、
あの時《とき》が一番幸《いちばんしあわ》せだった。

蒔田 奈保子
長野県 50歳 会社員

一筆啓上「二十年前の私」へ

息子達が幼い時、早く自分の時間が欲しかった。巣立った今、あの時が一番幸せだった。

お母さんへ

ごめんね。
三年前《さんねんまえ》はお姉《ねえ》ちゃんと
お母《かあ》さんのとり合《あ》いだったけど、
今《いま》は譲《ゆず》り合《あ》いなの。

野中　いろは
熊本県　13歳　中学校2年

一筆啓上

「お母さん」へ

ごめんね。三年前はお姉ちゃんとお母さんのとり合いだ。だけど、今は譲り合いなの。

小児科の先生へ

子《こ》の発達《はったつ》を心配《しんぱい》すると先生《せんせい》は

「待《ま》てませんか？」と。

時《とき》を受《う》け入《い》れるのも育児《いくじ》ですね。

林田　美知代

千葉県　58歳　主婦

一筆啓上「小児科の先生」へ

子の発達を心配すると先生は「待てませんか？」と。時を受け入れるのも育児ですね。

おかあさんへ

この前《まえ》ね、
おかあさんが小《ちい》さいときの
しゃしんをみつけたよ。
わたしかと思《おも》っちゃった

大久保　結星
福井県　7歳　小学校2年

一筆啓上

「おかあさん」へ

　この前《まえ》ね、おかあさんが小《ちい》さいときのしゃしんをみつけたよ。わたしかと思《おも》っちゃった

ばあちゃんへ

「昔《むかし》はね…」といつも言《い》うけど、
ねぇばあちゃん。
「今《いま》はね…」と言《い》いたいわ。

星野　七海
福井県　11歳　小学校5年

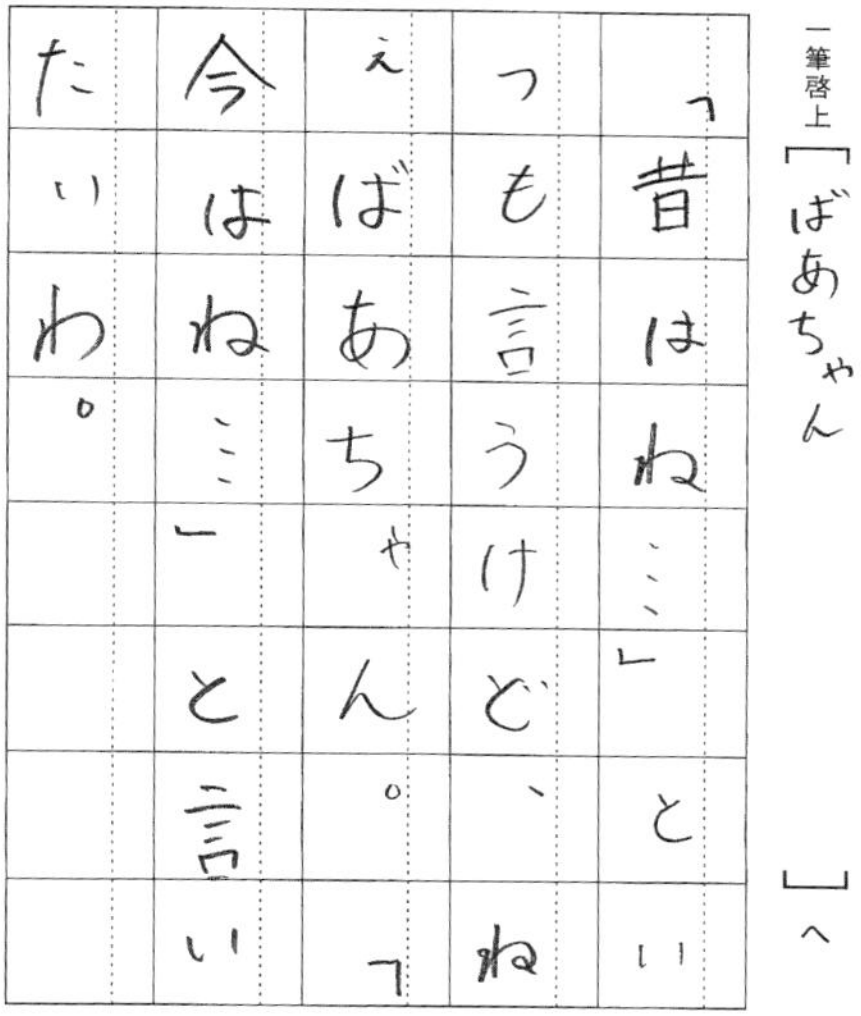
一筆啓上
「ばあちゃん」へ
「昔はね…」とい
つも言うけど、ね
えばあちゃん。「
今はね…」と言い
たいわ。

住友賞選評

選考委員　長澤　修一

一筆啓上賞の選考に関しては、昨年11月に住友グループ広報委員会のメンバーが、応募作品34,067通全作品を読み、一次・二次選考にて503作品に絞り込みを行いました。最終選考では、選考委員の方々がそれぞれの見地から侃々諤々議論した中で大賞や秀作が選ばれる訳ですが、その過程において様々な理由で惜しくも大賞を逃してしまった作品の中にも、各選考委員が感銘を受けたものがあります。この住友賞では、それらの思い入れのある作品や、一次・二次選考の住友グループ広報委員会メンバーの中で、評価の高かった作品を中心に20篇を選ばせて頂きました。結果的に、比較的若い世代の作品が8割を占める形となりました。

主な作品を紹介します。最年少4歳の園田みくりさんの作品では、ビール好きのママに「大きくなったらね」と言われたのでしょうか、「じゃあ5歳になったら一緒に飲もうね」と、早く大好きなママと楽しい時間を過ごしたいという願いが伝わります。小学生の小瀬村忠さんは、時の流れは速い、ぼーっとしているとあっという間に夜になるとして、仕事に追われる大人とは違い、同じ時の流れでも子供らしい感性の伝わる作品でした。また中学生になると、多鹿琉誠さんの作品のように、大人になる頃どれだけ自然が残るのだろうか、開発続きの風景に心が痛むと、将来の地球環境に危機意識を持つようになります。我々はビジネスの中で地球環境や社会課題にいかに貢献できるかということを考えながら仕事をしているわけですが、中学生でこの視座の高さは、頼もしい限りです。更に大学生になると、溝口大地さんの作品のように、学生だった立場から今度は教える立場になって職員室に行くというような成長していく姿も見られます。また、蒔田奈保子さんの作品では、子供の目線ではなく、親の目線になって、子育て時代の自分と子供が巣立った今の自分とを比較して、子供達の成長を振り返るような作品になっています。

一篇一篇は別々の方が書かれているものですが、幼稚園児から大学生へと歳を重ねる中で、視野が広がって視座が高まり、更には子供目線から親の目線に移っており、それぞれの作品の「時」を辿ることで、人が成長していくドラマが目に浮かんでくるようで、心を打たれました。今年も、多くの素晴らしい作品に出会えたことに感謝いたします。

（入賞者発表会講評より要約）

坂井青年会議所賞

母へ

若《わか》くてきれいなころに
もどりたいですか。
でもまだぼくは生《う》まれてないので、
だめだよ。

原田　せな
福井県　10歳　小学校5年

一筆啓上 「母」へ

若くてきれいなころにもどりたいですが。でもまだぼくは生まれてないので、だめだよ。

時間のかみさまへ

ぼくは、あそぶことが大《だい》すき。
ぼくにだけそっと一日《いちにち》の時間《じかん》を、
長《なが》くしてください。

前田　詠大
福井県　7歳　小学校2年

一筆啓上「時間のかみさま」へ

ぼくは、あそぶことが大《だい》すき。
ぼくにだけそっと一《いち》日《にち》の時《じ》間《かん》を、長《なが》くしてください。

ママへ

子《こ》どものころのママと遊《あそ》んでみたい。
時《とき》を動《うご》かせたら、おもしろいのに。

伊勢　芳乃
福井県　10歳　小学校4年

一筆啓上「ママ」へ

子《こ》どものころのママと遊《あそ》んでみたい。時《とき》を動《うご》かせたら、おもしろいのに。

東きょうのじいじへ

やっと会《あ》えるね。
ぼくは十三《じゅうさん》キロもおもくなったよ。
じいじはどのくらい大《おお》きくなった？

あさぬま　あきと
福井県　7歳　小学校2年

一筆啓上 「東きょうのじいじ」へ

やっと会えるね。
ぼくは十三きロも
おもくなったよ。
じいじはどのくら
い大きくなった？

ママへ

こころがモヤモヤするとき、
ママのみみかしてね。
おねえちゃんもたいへんなんだから。

細田　結楽
福井県　6歳　小学校1年

一筆啓上「ママ」へ

こころがモヤモヤするとき、ママのみみかしてね。おねえちゃんとたいへんなんだから。

ゲスト選考委員　選評

選考委員　パトリック・ハーラン

選考委員になって大好きな福井、大好きな坂井市に来れて、そして大好きになった手紙とこれだけの時間を一緒に過ごせるなんて本当に幸せだなと思いました。

僕はお笑い芸人としていろんな笑えるポイントに集中して評価したいなと思って、自分の家族にも意見を聞きながら選考したんですよ。その時にも笑いがいっぱい起きて、ちょっと泣くところもあった。きみの口調にそっくりだなぁと反抗期の息子に言ったりして。その時も僕の中で貴重な体験だったなと振り返ってみて思います。

そして最終選考会では選考委員の皆さんと初顔合わせで議論させていただきました。皆さん穏やかそうに見えるんですけど、すぐに丁々発止の現場へと化しました。こんなに仲良く激論できるメンバーに恵まれた、そして激論をさせてくれる材料に恵まれたなと、あの時もすごくいい体験でした。

その後の反省会という名の宴会でも、食卓を囲んで皆さんで、また手紙について語り合ったんですよ。シンガーソングライター、詩人、作家、俳人、部長そして芸人という様々な立場からの捉え方も違って、みんなそれぞれの受け入れ方、自分の人生、自分のお母さんとかお父さん、子ども、友達との関係、今までの経験など自分の要素と照らし合わせて感じてくるものがそれぞれ違うんだなぁと思いました。僕も気付いていないところをいっぱい気付かせてもらって、その発見に目を光らせる瞬間がとても良かったです。手紙を介して戦友になったと感じるところもありました。

勉強不足で申し訳ないですが、選考委員に選ばれるまで日本一短い手紙のことは知りませんでした。「一筆啓上」の手紙もこの賞のおかげで初めて知ったんですが、正直、本物の「一筆啓上」の手紙より審査に上がったものの方が圧倒的にいい手紙だと思いますよ。でも「一筆啓上」の手紙がこのコンクールのきっかけになっただけで感謝ですね。日本で手紙の文化を大事にするきっかけをつくってくれてよかったと思います。
今回、手紙の力ってとんでもないなと感じました。皆さんも自分の家で作品集をめくって、手紙から何が感じてくるのか、ぜひその人それぞれの、その時々の実感、痛感を味わっていただきたいなと思います。

（入賞者発表会講評より要約）

佳作

入院中の妻へ

「きのう、動物園《どうぶつえん》、楽《たの》しかったね」
三歳《さんさい》の孫《まご》は、過去《かこ》を全部《ぜんぶ》
「きのう」って言《い》うんだ。

工藤 哲治
青森県

時へ

相対性理論《そうたいせいりろん》で時《とき》はゆがむんだって。
時《とき》がゆがんで、
中学校《ちゅうがっこう》が終《お》わらなければいいのに。

巴 颯野
青森県 15歳 中学校3年

みなと君へ

まだ帰《かえ》らないよねと
何度《なんど》も言《い》ってくれる
それがとってても嬉《うれ》しい
幸《しあわ》せな時間《じかん》ありがとうね

佐藤　安子
岩手県　65歳　主婦

再生の海へ

祖母《そぼ》に、おんぶして見《み》た
黒《くろ》い景色《けしき》から十三年《じゅうさんねん》。
祖母《そぼ》の背《せ》を越《こ》し、
青《あお》い海《うみ》見《み》て感極《かんきわ》まる。

後藤　颯太
宮城県　13歳　中学校1年

仕事人間のお父さんへ

「時間《じかん》は大切《たいせつ》にしろ」と言《い》うけど、
「家族時間《かぞくじかん》」を大切《たいせつ》にしていないのは
お父《とう》さんだぞ。

菅原　汐
宮城県　12歳　中学校1年

母の靴へ

ふと玄関《げんかん》を見《み》ると
お母《かあ》さんの靴《くつ》が
一番《いちばん》小《ちい》さくなっちゃったね。

新田　元子
宮城県　74歳　主婦

あなたへ

いつしか「おじゃまします」が
「ただいま」に変《か》わった。
私《わたし》の帰《かえ》れる場所《ばしょ》をありがとう。

佐藤　ことみ
秋田県　24歳　大学院1年

シベリアからの父ちゃんへ

浅黒《あさぐろ》い男《おとこ》の人《ひと》が帰宅《きたく》した
「母《かあ》ちゃんあの人《ひと》いつ帰《かえ》るの…」
母《はは》は涙《なみだ》を拭《ふ》いた
四才《よんさい》の夏《なつ》だった

中山 輝雄
福島県 80歳

大好きな彼女へ

一緒《いっしょ》にいる時間《じかん》を大切《たいせつ》にしたい。
耳《みみ》が聞《き》こえない自分《じぶん》を
好《す》きになってくれてありがとう。

小松　亜冴陽
茨城県　18歳
聾学校高等部3年

父へ

山頂《さんちょう》で吹《ふ》いていた風《かぜ》、
お父《とう》さんの匂《にお》いがした。
分《わ》かってる。
心配《しんぱい》でついて来《き》たんでしょ。

鈴木　貴子
栃木県　63歳　主婦

天国の旦那へ

「迎《むか》えに来《き》ても行《い》かない」と
泣《な》いて誓《ちか》ったあの日《ひ》から、
あなたより随分年上《ずいぶんとしうえ》になりました

山﨑 久子
群馬県 59歳 会社員

久しぶりに会った人へ

久《ひさ》しぶりに会《あ》った人《ひと》に
「もう大人《おとな》ね」と言《い》われます。
大人《おとな》になったのは、料金《りょうきん》だけです。

近藤 亘
埼玉県 14歳 中学校2年

今年二十歳になる息子へ

ママ、ババァ、お前《まえ》と変遷《へんせん》した呼《よ》び名《な》。
下宿《げしゅく》して一年後《いちねんご》やっと言《い》えたお母《かあ》さん。
祝《しゅく》二十歳《はたち》

髙岸 信子
埼玉県 53歳 介護ヘルパー

お母さんへ

子供《こども》の時《とき》から
預《あず》けっぱなしのお年玉《としだま》を
返《かえ》してほしいです。
私《わたし》、もう還暦《かんれき》です。

高野　由美
埼玉県　59歳　主婦

先生へ
待合室《まちあいしつ》2時間《じかん》、苛々《いらいら》。
診察《しんさつ》2分《ふん》、ムカムカ。
で、「順調《じゅんちょう》ですね」の2秒《びょう》は、
ズルいです。

奈良 徹
埼玉県 50歳 会社員

小さくなったベビー服へ

着《き》られなくても汚《よご》れていても
本当《ほんとう》は全部《ぜんぶ》とっておきたいの。
大事《だいじ》な時《とき》が染《し》み付《つ》いてるから

福田　麻里奈
埼玉県　31歳　医師

家族へ

お母《かあ》さん
大変《たいへん》な時《とき》手伝《てつだ》ってくれてありがとう。
お姉《ねえ》ちゃん
大変《たいへん》な時《とき》邪魔《じゃま》しないで。

細田 桃加
埼玉県 13歳 中学校2年

十年前に生まれた長男へ

八時《はちじ》三十六分《さんじゅうろっぷん》に生《う》まれた君《きみ》。こんなにハッキリと覚《おぼ》えている時刻《じこく》は他《ほか》にはないよ。

枝 倫央
千葉県 39歳 会社員

パパへ

パパといっしょにねるときがすきです。
パパが、やさしくて、あたたかいからです。

草野　楓
千葉県　6歳　小学校1年

18さいのじぶんへ

ままからおとしだまを
ぜんぶかえしてもらったかな？
おかねもちになっているかなぁ。

松坂　聖
千葉県　6歳　小学校1年

ママへ

せかさないで。
今考え事《いまかんがごと》してる大事《だいじ》な時《とき》なんだ。
いいアイデアはトイレでうかぶのさ。

小川　惺也
東京都　8歳　小学校2年

娘の告知をされた日の私へ

タイムマシーンに乗《の》って
今《いま》すぐ伝《つた》えたい。
ダウン症《しょう》のその子《こ》、
我《わ》が家《や》の救世主《きゅうせいしゅ》になるよ。

酒井　美百樹
東京都　50歳
シンガーソングライター

ゲームを嫌う母へ

友達《ともだち》とのゲーム二時間《にじかん》。
勉強十分《べんきょうじゅっぷん》。
実《じつ》はこれが同《おな》じ長《なが》さなんだ。
分《わ》かってくれるかな？

崎山 樹
東京都 13歳 中学校2年

18歳の息子へ

小《ちい》さい頃《ころ》は姿《すがた》が見《み》えなくなると
大泣《おおな》きしていたあなた！
今《いま》は話《はな》しかけても聞《き》こえないふり

佐藤　涼子
東京都　56歳　主婦

お父さんへ

私《わたし》が退職《たいしょく》した時《とき》
「よく耐《た》えた」と一言《ひとこと》。
お父《とう》さんはそれを
四十年《よんじゅうねん》もやってくれたんだね。

篠田　沙織
東京都　37歳　自営業

亡き母へ

あの時《とき》、僕《ぼく》をシゲちゃんと呼《よ》んだね。
親父《おやじ》と勘違《かんちが》いしてたんだね。
同《おな》じ呼名《よびな》で良《よ》かった。

鈴木　茂雄
東京都　72歳

可愛い生徒たちへ

「先生何歳《せんせいなんさい》？」ひみつ！

「えーママと同《おな》じ30でしょ」

先生《せんせい》ね今年《ことし》20歳《さい》のぴちぴちなんだよ

高田　莉愛
東京都　大学生

生意気で可愛い弟へ

生《う》まれた時可愛《ときかわい》かった弟《おとうと》よ、
9年経《ねんた》ちお前《まえ》は信《しん》じられない程生意気《ほどなまいき》だ。
時《とき》は時々残酷《ときどきざんこく》だ。

棚橋　春太
東京都　小学校6年

高二の兄へ

毎朝《まいあさ》、洗面所《せんめんじょ》にいる時間《じかん》長過《ながす》ぎない？
坊主頭《ぼうずあたま》なのに。

戸塚 渚那
東京都 13歳 中学校1年

1月に医学部受験を控える夫へ

「今更《いまさら》遅《おそ》いでしょ」
そんな言葉《ことば》に背《せ》を向《む》けて、
一念発起《いちねんほっき》する貴方《あなた》に
ついていきます。

中野　満友
東京都　28歳　会社員

バアバへ

今《いま》はバアバが着《き》ている、
小《ちい》さくなったわたしの服《ふく》。
なんで私《わたし》より似合《にあ》っているの？

古屋　日織
東京都　10歳　小学校5年

おにいちゃんへ

わたしは、あさ6じ4ぷんにうまれたよ。
おにいちゃんより、はやおきでしょ。

前田　陽菜乃
東京都　6歳　幼稚園年長

悩める自分へ

辛《つら》いことは時薬《ときぐすり》が解決《かいけつ》してくれるよ。
だって一年前《いちねんまえ》の悩《なや》みごとが
思《おも》い出《だ》せないもの

遠藤　京子
神奈川県　60歳　主婦

小学一年生になる妹へ

「あぎらとう」と言《い》わなくなったね。
もう少《すこ》し、幼子語録《おさなごごろく》、
聞《き》かせてほしいな。

佐藤　翠月
神奈川県　18歳　高校3年

厚生労働省へ

人生《じんせい》80年《ねん》と思《おも》って50年間《ねんかん》生《い》きてきたのに、
急《きゅう》に100年《ねん》と言《い》われても困《こま》ります。

三宅　章子
神奈川県　56歳　パート

妻へ

緊急搬送《きんきゅうはんそう》され目《め》が覚《さ》めた時《とき》
妻《つま》が一言《ひとこと》
「生《い》きていてくれてありがとう」
最高《さいこう》に嬉《うれ》しかった。

大木　秀樹
山梨県　70歳
障がい福祉サービス
事業所支援員

亡き父へ

父《とう》ちゃんの遺《のこ》した手帳《てちょう》を見《み》たら、
毎日《まいにち》俺《おれ》の帰宅時刻《きたくじこく》が…。
思《おも》わず、涙《なみだ》が出《で》たよ。

中静 憲夫
新潟県 76歳

息子へ

「親《おや》がしてくれたように子供《こども》を育《そだ》てたい」

親《おや》にとって最高《さいこう》の言葉《ことば》だよ。

結婚《けっこん》おめでとう。

矢沢　秀子
新潟県　58歳　パート

時穂（娘）へ

幸《しあわ》せは時《とき》をかけて穂《ほ》をつける。
辛《つら》いことは時《とき》が薬《くすり》になる。
七年前《ななねんまえ》そう願《ねが》って名付《なづ》けたよ。

中村 ゆかり
石川県 38歳 主婦

ままへ

ままにぎゅっとされるとね、
たまにあかちゃんのときに
もどりたくなるんだよ。

荒川　千乃
福井県　7歳　小学校1年

お父さんへ

お母《かあ》さんが
「昔《むかし》はかっこよかった。」と言《い》ってますが
ぼくは今《いま》もかっこいいと思《おも》ってます。

北 ゆう生
福井県 9歳 小学校4年

神様へ

神様《かみさま》、三年前《さんねんまえ》に時《とき》をもどして
お父《とう》さんにすぐ病院《びょういん》に行《い》くように
伝《つた》えてください。

坂井 一蕗
福井県 12歳 小学校6年

ママへ

毎朝《まいあさ》、同《おな》じ時間《じかん》に外《そと》までみおくり
手《て》をふってくれて、
うれしいけど少《すこ》しはずかしいんだ。

阪野　暖真
福井県　8歳　小学校2年

パパへ

小《ちい》さい時《とき》、
パパと結婚《けっこん》しようって約束《やくそく》したけど
ごめん、やっぱりむり。

下島　由暖
福井県　10歳　小学校4年

夫へ

貴方《あなた》の余命《よめい》を聞《き》いた日《ひ》
時《とき》よ止《と》まれと願《ねが》った
貴方《あなた》が亡《な》き後時《あととき》よ過《す》ぎてと願《ねが》った
私勝手《わたしかって》やね

田島　芳江
福井県　52歳　主婦

かもつれっ車へ

三時《さんじ》十五分《じゅうごふん》、
じゅくのまどから見《み》える
かもつれっ車《しゃ》。
いつもあついエールをありがとう。

田端　達生
福井県　8歳　小学校2年

母さんへ

この間《あいだ》ごめん。今日《きょう》もごめん。
年齢《ねんれい》が上《あ》がると口《くち》に出《だ》して謝《あやま》れん。
やで、今後《こんご》もごめん。

林　晃央
福井県　14歳　中学校3年

はぎわらせんせいへ
まだあてないで
こころのじゅんびしてるから
わたしのはっぴょうまってね

久田　世里菜
福井県　7歳　小学校2年

あまり会話をしない父へ

照《て》れくさくて言《い》えないけれど、たまに他愛《たわい》もない会話《かいわ》をする時《とき》、実《じつ》は内心《ないしん》うきうきです。

兵江　愛華
福井県　16歳　高校2年

ママへ

わたしが一人《ひとり》でねれるときまで、
もうすこしせまいけどがまんしてね。

廣部　真子
福井県　7歳　小学校2年

手紙の文化へ

「よろ」と入力《にゅうりょく》して
「よろしくお願《ねが》いします」
そんな時短《じたん》ができない
手紙《てがみ》が好《す》きです

福井　美津江
福井県　56歳　団体職員

あの日のママへ

あの日《ひ》もっと早《はや》く
ママの病気《びょうき》に気《き》づいていたらよかったね。
もっとママといたかったよ。

水上　りおう
福井県　9歳　小学校4年

おとうさんへ

勉強《べんきょう》は時間《じかん》せいげんがないのに、ゲームは時間《じかん》せいげんがあるのはなぜですか。

森　季正
福井県　9歳　小学校4年

妻へ

初《はじ》めて君《きみ》を見《み》たあの時《とき》
僕《ぼく》は恋《こい》に落《お》ちました。
あれから幾星霜《いくせいそう》。
憑《つ》き物《もの》が落《お》ちました。

山岸 誠
福井県 65歳

お母さんへ

小《ちい》さい頃《ころ》の、
金欠《きんけつ》サンタさん
お母《かあ》さんだったんだね。

可知　虎生志
岐阜県　14歳　中学校2年

父へ

職場体験《しょくばたいけん》で作《つく》った栗《くり》きんとん
冷凍《れいとう》すればいいってもんじゃないよ
早《はや》く食《く》って。

川崎　恵澄
岐阜県　14歳　中学校2年

あの時の父へ

「大会《たいかい》を見《み》に行《い》かないで」
と言《い》ったけど、
隠《かく》れて見《み》ているのを本当《ほんとう》は、
知《し》ってたよ。

櫻井 源士
岐阜県 14歳 中学校2年

お母さんへ

中一《ちゅういち》で「反抗期《はんこうき》こない」って言《い》いはった。
中二《ちゅうに》できた。なんかごめん。

水野 莉夢
岐阜県 13歳 中学校2年

中学三年生の息子へ

まだその時《とき》じゃないって言《い》うけど、
君《きみ》、明日《あした》テストだよね？

坂本　明美
静岡県　50歳　主婦

おじいちゃんへ

病気《びょうき》が見《み》つかったね。

「俺《おれ》は十分《じゅうぶん》生《い》きた。」って、

私《わたし》には十七年《じゅうななねん》しかくれないの。

鈴木　杏奈
静岡県　17歳　高校3年

上司へ

あなたがよく言《い》う
タイム・イズ・マニー。
定時過《ていじす》ぎたら、
こっちのセリフです。

髙橋 秀実
静岡県 29歳 会社員

余命1年半と宣告された23才の私へ

今《いま》は耐《た》えろ耐《た》えろ乗《の》り越《こ》えろ！
先生達《せんせいたち》にしぶといって評判《ひょうばん》だよ。
20年後《ねんご》の笑顔《えがお》な私《わたし》より。

山村　愛
静岡県　43歳　自営業

息子へ

もう学校《がっこう》の先生《せんせい》になったのに、
毎朝《まいあさ》「忘《わす》れ物《もの》は？」って聞《き》いてごめん。
くせやねん。

木次　洋子
愛知県　主婦

5歳のきっちゃんへ

いつも「ゆりかねえ」と呼《よ》んでくれて
ありがとう。
ゆりかねえ、実《じつ》は51歳《さい》なんです。

竹野 ゆり香
三重県 51歳 主婦

定年退職した上司へ

部長《ぶちょう》は仕事《しごと》もせず
笑《わ》らわすだけでしたね。
同《おな》じ立場《たちば》になり
皆《みな》を笑《わら》わす事《こと》すらできません。

平屋敷 幸一
三重県 45歳 会社員

怪我した時へ

腕《うで》を脱臼《だっきゅう》した時《とき》、
周《まわ》りの風景《ふうけい》がスローモーションになって
動《うご》いていたんだ。

福嶋　倭
三重県　16歳　高校2年

命を救ってくださった先生へ

先生《せんせい》、
25年前《ねんまえ》赤《あか》ん坊《ぼう》だった娘《むすめ》は今《いま》、
先生《せんせい》のいらっしゃった病院《びょういん》の
ナースなんですよ。

野瀬 昭代
滋賀県 55歳 パート事務

お父さんへ

お父《とう》さんも、子供《こども》の頃《ころ》、これを応募《おうぼ》していたんだってね。不思議《ふしぎ》な感《かん》じがするなあ。

奥田　彩希
京都府　12歳　中学校1年

おとうさんへ

またこんどって
いつまでまったらこんどになるん

小寺　双葉
京都府　6歳　幼児学園年長

妻へ

元気《げんき》に金婚《きんこん》を迎《むか》え、
時《とき》が似《に》たもの夫婦《ふうふ》にしてくれました。
もう暫《しばら》く一緒《いっしょ》にいような。

小林 茂雄
京都府 80歳

四歳の自分へ

可愛《かわい》いと言《い》われてると思《おも》いますが、
十年後《じゅうねんご》は父《ちち》しか言《い》ってくれませんよ。

林　夢芽
京都府　14歳　中学校3年

ご両親へ

僕《ぼく》は生《う》まれた頃《ころ》に比《くら》べて大《おお》きくなったよ。
その分《ぶん》、態度《たいど》も大《おお》きくなったけれどね。

藤巻 彰太
京都府 12歳 小中学校7年

息子へ

頼《たの》まれた時間《じかん》に起《お》こしたのに、
後《あと》10分《ぷん》寝《ね》かせろと言《い》う。
はじめから10分《ぷん》後《ご》でええやんか。

松尾　美穂
京都府　54歳　派遣社員

いそがしいママへ

ママ、ぼく小学生《しょうがくせい》になったから
一人《ひとり》で帰《かえ》れるし、
ゆっくり歩《ある》いて帰《かえ》って来《き》てな。

みぞ口　大ら
京都府　7歳　小中学校2年

ママへ

ママがかみのけをきってくれた。
あのとき、ぼくは、こまっていたんだ
「きりすぎだよ。」

天草　悠都
大阪府　6歳　幼稚園

パパへ

あの時《とき》、パパに
「有難《ありがと》う」と言《い》えなかった。
言《い》えば最後《さいご》と悟《さと》られるから。

大北 明子
大阪府 66歳

お父さんへ

あの時《とき》、使《つか》った
「一生《いっしょう》のお願《ねが》い」
取《と》り消《け》して下《くだ》さい

奥本　ひなた
大阪府　13歳　中学校2年

星になったじーちゃんへ

（お前《まえ》はいい酒《さけ》飲《の》みになる）
じーちゃんの口癖《くちぐせ》、
私《わたし》が二十歳《はたち》になったら
1日《にち》帰《かえ》ってきてね

古路　友梨佳
大阪府　16歳　高校1年

嫁はんへ

十九《じゅうく》の君《きみ》が時《とき》の流《なが》れと共《とも》に
母親《ははおや》そしておばあちゃんに。
けど思《おも》う。今《いま》が一番《いちばん》タイプやで。

後藤 豊
大阪府 64歳 自営業

妻へ

ご飯《はん》をこぼした途端《とたん》に鋭《するど》い視線《しせん》。
こんな時《とき》ばっかりやなしに、
もっとええ時《とき》も見《み》といて。

竹下 守雄
大阪府 72歳

息子へ

「今《いま》やるつもりやった。」って。
君《きみ》の時間軸《じかんじく》「今《いま》」、長《なが》くない？

中井 夕紀
大阪府 40歳 パート

パパへ

あの時《とき》は
パパと結《けっ》こんするって言《い》ってたけど、
パパよりもっといい人《ひと》を見《み》つけるね。

中尾　莉愛
大阪府　10歳　小学校5年

お父さんへ

お父《とう》さんが亡《な》くなって十六年《じゅうろくねん》。
新《あたら》しいお父《とう》さんができて、
お母《かあ》さんは元気《げんき》にしてるよ。

冷水　星来
大阪府　17歳　高校3年

お父さんになった息子へ

私《わたし》の可愛《かわい》い孫《まご》を
そんなに怒《おこ》らんでもええやろ！
あなたも同《おな》じことをしていたんだからね。

山田　幸夫
大阪府　74歳　高校非常勤講師

長くお付き合いいただいたあなたへ

余生《よせい》とは、
あなたと話《はな》し、あなたを想《おも》い、
あなたと別《わか》れるための時間《じかん》です。

渡辺 廣之
大阪府 70歳

孫たちへ

生《う》まれた時《とき》から
おばあちゃんだった訳《わけ》じゃないの。
君《きみ》たちと同《おな》じ年《とし》の時《とき》もあったんだよ。

阿江　美穂
兵庫県　71歳

あなたへ

「あけみ」と初《はじ》めて呼《よ》ばれてから五十年《ごじゅうねん》。
今《いま》も変《か》わらない
あなたの呼《よ》び声《ごえ》が好《す》きです。

今村 明美
兵庫県 80歳 主婦

先生へ

ごめんなさい。
みんなが見《み》ているのは
先生《せんせい》でも黒板《こくばん》でもなく、
その上《うえ》の時計《とけい》です。

植村　咲生
兵庫県　14歳　中学校2年

マイペースな夫へ

私《わたし》「時間《じかん》がない!」

夫《おっと》「鞄《かばん》の中《なか》は探《さが》した?」

朝《あさ》からそんなボケはいらん。

家事手伝《かじてつだ》って!

大恵 やすよ
兵庫県 40歳 主婦

愛する妻へ

41年前《ねんまえ》に戻《もど》っても、
君《きみ》と結婚《けっこん》していたかどうかだって?
とてもいい質問《しつもん》だ。

木村 武雄
兵庫県 70歳

母へ

認知症《にんちしょう》と診断《しんだん》された時《とき》
「何《なん》とかなるよ」と、
あなたは笑《わら》った。
ほんと、何《なん》とかなったね。

坪井　文恵
兵庫県　69歳　主婦

お母さんへ

親孝行《おやこうこう》できないことを詫《わ》びると
親孝行《おやこうこう》は三歳《さんさい》までにしてもらっているよと
母《はは》は笑《わら》っていた

野崎 輝康
兵庫県 80歳

おじいちゃんへ

子《こ》どもの頃《ころ》
祖父《そふ》の手《て》作《づく》り弁当《べんとう》が恥《は》ずかしくて
隠《かく》すように食《た》べた。
ごめんね、おじいちゃん

野崎 眞奈美
兵庫県 58歳 主婦

お母さんへ

さっきまで声《こえ》、
鬼《おに》だったのに
電話《でんわ》に出《で》た瞬間《しゅんかん》
天使《てんし》になるのなんで？

東嶋　凛空
兵庫県　13歳　中学校2年

愛するあなたへ

出会《であ》った頃《ころ》そっと手《て》をつなぐの
ドキドキしたけど
今《いま》はぎゅっとにぎって安心《あんしん》するね。

平野　まゆみ
兵庫県　51歳

時の流れへ

止《と》まってとか進《すす》んでとか
身勝手《みがって》なお願《ねが》いをしてきましたが
もうお任《まか》せすることにします。

安井 順子
兵庫県 66歳 主婦

小学生だった頃の自分へ

あの時《とき》、
君《きみ》がこわかった
みんなの視線《しせん》は、
思《おも》ってたより
温《あたた》かいものだったよ。

渡邉　祈莉
兵庫県　13歳　中学校2年

駅で助け合う人達へ

「席《せき》どうぞ」と譲《ゆず》る人《ひと》をよく見《み》る。
この時間《じかん》が温《あたた》かくて幸《しあわ》せになる。
私《わたし》も席《せき》譲《ゆず》ります。

前田 悠里
奈良県 19歳 大学1年

母へ

昔《むかし》に戻《もど》りたいと思《おも》わないという母《はは》。
今《いま》、僕《ぼく》と弟《おとうと》がいて幸《しあわ》せだからという。
僕《ぼく》もそうだよ。

浅井　虎太朗
和歌山県　12歳　中学校1年

亡き母へ

「ありがとう。
もう頑張《がんば》らなくていいよ。」で、
時《とき》を終《お》えさせて
良《よ》かったのでしょうか。

池田 光子
和歌山県 66歳

おかあへ

「小《ちい》さい時《とき》は可愛《かわい》かった」って言《い》うけど、
今《いま》の事《こと》は何《なに》も言《い》わんね？
時《とき》の流《なが》れは恐《おそ》ろしいね

片岡 琉加
和歌山県 15歳 中学校3年

弟へ

いぶきがうまれたとき
「えっへん　おねえちゃんだ」って
おもったよ

秦　凛歩
和歌山県　5歳　保育園年中

35年前の息子へ

君《きみ》が「銀《ぎん》のかたまり」と言《い》って
大切《たいせつ》にしまっていたもの。
あれは仁丹《じんたん》でした。

山下　雅子
和歌山県　67歳　主婦

母さんへ

認知症《にんちしょう》になって、
楽《たの》しかった時《とき》の事《こと》しか思《おも》い出《だ》さない
母《かあ》さんを見《み》るのはなんか嬉《うれ》しい。

角森　玲子
島根県　55歳　自営業

おかあさんへ

おやつのじかんと
おかあさんといっしょにねるじかん。
これがぼくのすきなじかんだよ。

水上　侑真
島根県　6歳　小学校1年

天国のじいちゃんへ

ばあちゃんの涙《なみだ》を止《と》める薬《くすり》は、
何時《いつ》届《とど》きますか。

市田山 暸太朗
岡山県 22歳 大学4年

天国の父へ

四十七年《よんじゅうななねん》ぶりに逢《あ》えたよね。
母《かあ》さん頑張《がんば》ったんだよ。
ギュッと抱《だ》きしめてあげてね。

岩本　さちみ
岡山県　68歳　主婦

過去の自分へ

あの時《とき》、この曲《きょく》を聴《き》いてくれてありがとう。
おかげでいつでもあの時《とき》に戻《もど》れちゃうよ。

片島 真理衣
広島県 26歳 会社員

幼なじみへ

昔《むかし》、「好《す》き」って手紙《てがみ》くれたのに、
返事《へんじ》書《か》かなくてごめん。
今《いま》でも返事《へんじ》間《ま》に合《あ》いますか？

武原　寿明
広島県　15歳　中学校3年

席の遠いあなたへ

授業中《じゅぎょうちゅう》、君《きみ》のことを見《み》ていたら、
周《まわ》りの時《とき》が止《と》まったように感《かん》じた。
やばいな、私《わたし》。

古家　祐莉菜
広島県　14歳　中学校3年

お父さんへ

嫁《よめ》に来《き》て、五十年《ごじゅうねん》
私《わたし》の事《こと》、何《なに》も知《し》らんだろ、
私《わたし》はあなたのへそくりのありかを
知《し》ってます

美馬　敏江
徳島県

祐爾さんへ

十五年《じゅうごねん》は短《みじか》いよ。
まさかの置《お》いてけぼり。
時《とき》が戻《もど》るなら
あの朝出《あさで》かける貴方《あなた》を止《と》めたい。

田井　美由紀
香川県　43歳

妻へ

あの頃《ころ》は、
一緒《いっしょ》にいると時《とき》のたつのを忘《わす》れた。
今《いま》は、君《きみ》から頼《たの》まれた買《か》い物《もの》を忘《わす》れるよ。

二宮 史郎
愛媛県 55歳 自営業

お母さんへ

4さいまでお母《かあ》さんのこと好《す》きだったけど、
12さいの今《いま》、好《す》きな子《こ》できました。

永石 瑛士
福岡県 12歳 中学校1年

抜け落ちる我が頭髪へ

まだ諦《あきら》める時《とき》じゃない。
君《きみ》にも意地《いじ》ってものがあるだろ?
死《し》ぬ気《き》でしがみついてみろよ。

中村 裕子
福岡県 60歳 パート

おやつ大好き4歳の娘へ

「ママ。3時《じ》がいっぱい
あったらいいのにね」
気持《きも》ちはわかるが食《た》べよっか。
夕《ゆう》ご飯《はん》。

西 有加
長崎県 35歳 主婦

恋人から夫になる人へ

ゴールドのペアリング
錆《さ》びちゃったけん、
ここらでプラチナリングどう？
左《ひだり》手《て》薬指《くすりゆび》に。

安永　美砂
長崎県　29歳　高校教員

お姉ちゃんへ

喧嘩《けんか》する度《たび》、
私《わたし》のケーキ食《た》べたの許《ゆる》してない！
って言《い》うのやめてよ。
もう10年《ねん》経《た》つんだよ

渡部 ひとみ
宮崎県 17歳 高校2年

お母さんへ

いじめられて帰《かえ》ってきた時《とき》、
いじめをする人《ひと》がかわいそうなんだよ
の一言《ひとこと》で救《すく》われたよ。

植村 小枝
沖縄県 52歳 教員

お父さんへ

朝起《あさお》こす時《とき》、
嘘《うそ》の時間《じかん》を言《い》うのはやめて。
知《し》ってて寝《ね》てるから。

島袋　夢菜
沖縄県　12歳　中学校1年

天ごくのばあばへ

ばあばがくれた色《いろ》えんぴつが
もうすぐなくなるよ。
わたし、絵《え》かきさんになるよ。

安達　琴音
カナダ　7歳　補習授業校2年

八さいのママへ

好《す》きなものは何《なん》ですか。
毎日《まいにち》ママにおこられていますか。
いっしょにあそびたいな。

宮下　夏葵
カナダ　8歳　補習授業校2年

総評

選考委員　小室　等

ほとんど肝心なところは各選考委員のみなさんが選評で取り上げていますので、ちょっとずつ僕の目についたところをお話しします。

大賞の「今年亡くなった祖父へ」は、火葬場から帰る車中という設定。火葬場に往く時の時間と帰る時の時間というのは、同じ時間なのに別のものなんですよね。火葬場から帰る時に日菜さんは膝の上に乗っている爺ちゃんのことをいろいろ考える。それは火葬場に行く時に感じていた時間とは全然違う意味の時間が、誰も入り込むことのできないかけがえのない「時間」が流れていたんだなぁと思いました。

秀作の「日本の義父母へ」は、初めて接した外国人のお話です。外国から来た方が日本の中でうまくやっていけるかというと、そう簡単でもないと思う。ちょっと昨日の選考会のあとの夕食時の話をしてみます。配膳サービスしたスタッフがスリランカ人の男女でどちらも日本語がうまい、僕よりも。そういう方と接することができたことをいいなと思いました。尾島亜文さんに戻ります。初めての嫁が外国人、19年経てみて、どう?悪くないでしょ?って言ってのける亜文さん、まったく悪くない。さらに、亜文さんのお名前、アジアの「亜」に文化の「文」と書いて自分の名前を読ませたっていうのも、亜文さんのこの地で生きてゆく意思と心意気を感じて、気に入りました。

同じく秀作の「妻へ」。僕の妻も最近時々手を繋いでくれるんですよ。どういうことかなとその都度思うんですけど、この手紙で分かりました。竹下守雄さん、転倒防止だったんですね(笑)

在原登喜子さんの「天国の父さんへ」も大好きな作品。20年待ちくたびれた父さん、でも母さんまだ当分そっちへ行かない、だって彼氏ができたらしい。

何よりも大好きだったのは、山口結衣ちゃんの「ままへ」。僕が一人でこの賞を出していたら、大賞なんだけどな。みたいなことといろいろと思いました。

ですので、これが総評に変わるとは思っていません。反省しつつ終わります。

(入賞者発表会講評より要約)

あとがき

その時は、突然に訪れました。令和六年一月一日、午後四時一〇分、震度七の大きな被害をもたらした、能登半島地震です。この地震により亡くなられた方々に心からお悔やみ申し上げるとともに、被災された皆様にお見舞い申し上げます。

このような事が起こると、あの日、あの時「ああしていれば」「こうしていれば」と、時を戻したい思いになるものです。

「時」は、良いことも悪いことも、今を過去のものにしていき、それは、思い出や記憶となっていきます。一方で、「時」は、夢や希望、願いなどの実現に未来へと繋いでくれます。

その様な「時」に、三万四〇六七通のお手紙をいただきました。ご応募いただいた皆様に、心から感謝申し上げます。

たくさんの「時」の一次選考に携わっていただいたのは、住友グループ広報委員会の皆様です。静寂な時の流れに身を任せながら、心に響く作品との出会いを楽しんでいるようでした。

最終選考会は、テレビでお馴染みのパックンこと、パトリック・ハーランさんがゲスト選考委員として加わり、小室等さんのまとめ役のもと、佐々木幹郎さん、宮下奈都さん、夏井いつきさん、長澤修一さんは、「時」の物語に心を動かされ、時に涙しながら、時を忘れての選考会でした。

そして、坂井市丸岡町出身の山本時男氏が代表取締役を務める、株式会社中央経済社・中央経済グループパブリッシングの皆様の本書の出版、並びに付帯する出版業務のすべてお引き受けいただいたことや、日本郵便株式会社、住友グループ広報委員会、坂井青年会議所の皆様のご協力ご支援のお陰であり、心からの感謝とお礼を申し上げ、結びとします。

令和六年四月

公益財団法人　丸岡文化財団
理事長　田中　典夫

日本一短い手紙「時」 第31回一筆啓上賞

二〇二四年四月三〇日　初版第一刷発行

編集者――――公益財団法人丸岡文化財団
発行者――――山本憲央
発行所――――株式会社中央経済社
発売元――――株式会社中央経済グループパブリッシング
〒一〇一－〇〇五一
東京都千代田区神田神保町一－三五
電話〇三－三二九三－三三七一（編集代表）
〇三－三二九三－三三八一（営業代表）
https://www.chuokeizai.co.jp
印刷・製本――株式会社　大藤社
編集協力――――辻新明美

ISBN978-4-502-50371-9　C0095

四六判・236頁
本体1,000円＋税

四六判・222頁
本体1,000円＋税

四六判・236頁
本体1,000円＋税

四六判・216頁
本体1,000円＋税

四六判・236頁
本体1,000円＋税

四六判・162頁
本体900円＋税

四六判・160頁
本体900円＋税

四六判・162頁
本体900円＋税

四六判・178頁
本体900円＋税

四六判・184頁
本体900円＋税

四六判・258頁
本体900円＋税

四六判・210頁
本体900円＋税

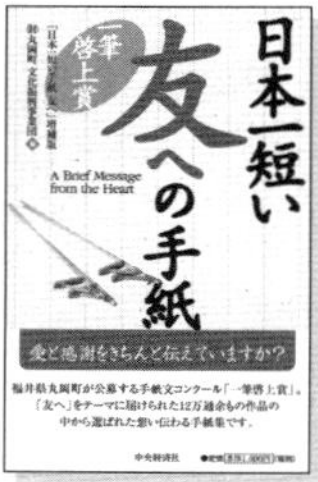

四六判・216頁
本体1,000円＋税

四六判・206頁
本体1,000円＋税

四六判・218頁
本体1,000円＋税

四六判・196頁
本体1,000円＋税

一筆啓上賞

「日本一短い手紙」

公益財団法人 丸岡文化財団 編

シリーズ好評発売中

四六判・244頁
本体1,100円＋税

四六判・240頁
本体1,000円＋税

四六判・216頁
本体1,000円＋税

四六判・208頁
本体1,200円＋税

四六判・226頁
本体1,000円＋税

四六判・216頁
本体1,000円＋税

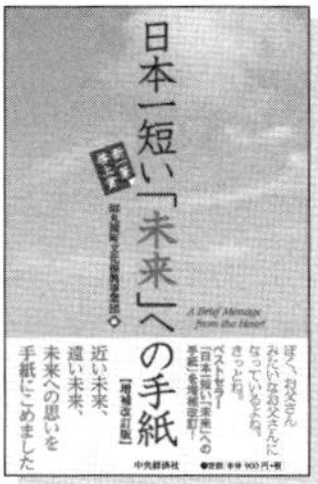

四六判・168頁
本体900円＋税

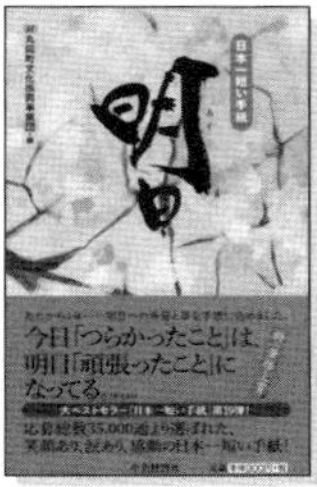

四六判・220頁
本体900円＋税

四六判・188頁
本体1,000円＋税

四六判・198頁
本体900円＋税

四六判・184頁
本体900円＋税

四六判・186頁
本体900円＋税

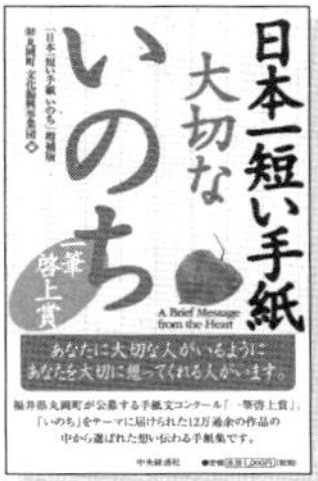

四六判・224頁
本体1,000円＋税

四六判・216頁
本体1,000円＋税